I0550854

LE
CACHEMIRE,

POÈME

Héroï-Comique,

EN TROIS CHANTS.

BIBLIOTHÈQUE ROYALE

A MACON,

DE L'IMPRIMERIE DE DEJUSSIEU.

1828.

AVANT-PROPOS.

On a dit que l'Arioste avait soin, lorsqu'il débitait la fable même la plus absurde, de la garantir pour une vérité incontestable. Boileau, au contraire, en publiant pour la première fois son Lutrin, fit mille efforts pour persuader que le sujet de son Poème n'était qu'une fiction. Quant à l'aventure de mon Cachemire, j'affirme qu'elle est de pure invention; mais elle n'est pas invraisemblable. Mes Héros et le lieu de la scène n'ont existé que dans mon imagination. Il est possible pourtant que tout ce que je suppose de la Vanité se passe quelquefois dans le monde. Ce qu'il m'importe sur-tout d'assurer, c'est que jamais je n'ai eu l'intention de blesser l'amour propre de personne dans un badinage où il n'y a que des généralités. HONNI SOIT DONC QUI MAL Y PENSE !

Le Cachemire.

Chant premier.

ARGUMENT.

Invocation. — Description d'un Bourg de la Bresse. — Portrait de la femme du Maire et de celle du Juge de Paix. — Union de la Discorde et de la Vanité — Temple de la Vanité. — La Vanité forme le projet de désunir les femmes des deux premiers Magistrats, au moyen d'un Cachemire. — Annonce de l'arrivée du Préfet. — Sensation que cette nouvelle produit dans le Bourg.

Je chante ce tissu, produit du fin duvet,
Que le luxe ravit aux chèvres du Thibet ;
Dont le fier Musulman se coiffe et s'enveloppe,
Et qui comble les vœux de nos beautés d'Europe.

Muse, seconde-moi ! dis avec quel éclat
La superbe moitié d'un petit Magistrat,
De son illustre époux, pour signaler l'empire,
Parvint à se donner un ample Cachemire ;
Et par quelle infortune, après mille travaux,

Qu'elle n'a terminés qu'au prix de son repos,
Elle vit renverser, à l'instant de sa gloire,
Le plus beau monument de sa noble victoire !
Muse, enfin, redis-moi ce que la Vanité
Amène de tourmens dans un cœur exalté,
Pour triompher aux yeux d'une rivale altière,
Comme elle, dans le monde, habile en l'art de plaire !
Viens d'un regard céleste animer mon projet !
Tout doit être élevé dans ce grave sujet.

Sur les riches confins de la fertile Bresse,
Lieux où si puissamment la poularde s'engraisse,
Pour aller disputer aux volailles du Mans
L'honneur de délecter le palais des gourmands ;
Où de l'or des guérêts Cérès remplit ses granges,
Mais où le dieu Bacchus fait de froides vendanges ;
Lieux un peu retirés, mais qu'un heureux destin
Mit entre les flots purs de la rivière d'Ain
Et les fécondes eaux de la tranquille Saone,
Qui, par un double hymen, vont épouser le Rhône,
On remarque un gros Bourg, qui, par ses habitans,
D'une petite ville offre les agrémens.

Du voyageur il a rarement la visite ;
Et le peuple jamais n'en franchit la limite
Que lorsque, pélerin, certain jour solennel,
D'un grand Saint, pour la fièvre, il va parer l'autel ;
Ou quand de ses voisins, aux fêtes patronales,
Il accourt partager les folles saturnales.
Aux nouvelles, pourtant, il n'est pas étranger :
En quinze jours, deux fois, il a son messager.
La Mode, d'un peu loin, de ses progrès aimables,
Y fait extravaguer de jeunes agréables,

Et, sur-tout, du beau sexe elle est la passion.
Ce Bourg, digne aujourd'hui de votre attention,
Présente tour-à-tour des ressources, des charmes :
Pour se garder, il a six pompiers, trois gendarmes,
Et, pour ses doux loisirs, chacun peut, à son choix,
Hanter ou les cafés, ou le cercle bourgeois.
Les Dames, à leur tour, entre elles assemblées,
Peuvent s'y procurer de charmantes veillées,
Où l'on jase, on tricote, et quelquefois, dit-on,
Le dimanche, on peut faire un éternel boston.
On y jouit aussi d'un jardin d'Idalie ;
Et d'un noble jeu d'arc la fière compagnie,
Par sa divine adresse, au public invité,
Y donne, une fois l'an, un spectacle enchanté,
Lorsque d'un chevalier on couronne la tête,
Juste prix d'un oiseau devenu sa conquête.
Pour donner, dans le monde, aux femmes plus d'éclat,
On y trouve, sur-tout, un beau pensionnat,
Où viennent se former aux études nouvelles,
De la ville et des champs les jeunes demoiselles,
Qui, fières du costume en ce jour inventé,
Pour flatter à la fois plus d'une vanité,
Retournent dans le monde ou bien à la boutique,
Habiles à danser, savantes en musique.
De femmes un essaim, cher à l'humanité,
Qu'on nomme, comme ailleurs, Dames de charité,
Le matin, en courant, y cherche l'indigence,
Pour lui donner du pain, ou beaucoup d'espérance.
Le peuple, enfin, y vit, au gré de ses souhaits,
Sous le seul joug d'un Maire et d'un Juge de paix.

De ces deux Magistrats les épouses aimables
Du haut rang occupaient les places honorables ;

Et , par leur grand état, reines de la cité,
Rien ne se décidait que par leur volonté.
Vivant comme deux sœurs , de plaisirs enivrées,
Partout elles brillaient également parées :
Trop heureuses enfin , sans un événement
Qui vint briser les nœuds de ce lien charmant.

Jalouse du bonheur de ces deux belles ames ,
La Discorde entreprit de désunir ces Dames,
Que le jeu, les amours , ni les élections ,
Habiles à créer des contestations ,
Ni même les partis , nés de la politique ,
N'atteignirent jamais de leur sourde tactique.
La Discorde , irritée et voulant se venger ,
Prit soudain son essor , et fut , d'un vol léger,
Réclamer les secours d'une Déesse altière ,
Qui, sœur de la Folie, en a le caractère.
Pouvait-elle oublier que cet être divin
De son sexe, en tout temps , maîtrisa le destin,
Et que la Vanité des Dieux reçut une ame
Qui , depuis , anima souvent plus d'une femme ?

La Discorde bien loin ne fut pas la chercher:
Elle sait qu'à la terre ardente à s'attacher,
On la voit des mortels, plus que dans l'Empyrée,
Avec idolâtrie, en tous lieux adorée.
Son temple , peu solide , est bâti de clinquans ,
Et des glaces partout en font les ornemens :
Pressés de s'y mirer, arrivent à la file
Des gens de tout état, qui, sous le péristile,
Se heurtent tour-à-tour , et, d'un air de dédain ,
Pour paraître plus grands , marchent sur leur voisin.

Ce sont des parvenus que l'aveugle fortune,
La veille, retira de la foule commune ;
Des pédans de tout âge et d'incivils commis,
Avec maints Turcarets dans les salons admis ;
Un pédantesque essaim de nouveaux néophytes,
Par ton, par intérêt, devenus hypocrites ;
De jolis auditeurs, de la toge parés,
Et de ces chevaliers d'un ruban décorés,
Prix des brillans exploits de leur noble carrière...
Dans les poudreux bureaux de quelque ministère.
La Déesse y reçoit leurs vœux et leur encens,
Sur un char attelé de magnifiques paons.
Telle est la Vanité dans sa cour immortelle,
Souriant aux titrés d'origine nouvelle,
Aux auteurs dont la Muse, en ses tièdes accès,
Aime à se pavaner de ses menteurs succès.
De ses adorateurs souvent pour satisfaire
Et les prétentions et la folle prière,
Elle y métamorphose, en le gonflant de vent,
Un stupide pygmée en orgueilleux géant.
C'est là qu'encore émue arriva la Discorde.

  « O Vanité ! dit-elle, après un court exorde,
» Viens venger mon offense ! elle est la tienne aussi.
» Autrefois, tu le sais, je mis à ta merci
» Les plus chers intérêts d'une célèbre Église,
» Lorsque, pour en bannir la Paix qui nous méprise,
« Tu parvins d'un Prélat à changer le destin,
» En réédifiant un énorme Lutrin.
» Ah ! si le monde entier reconnaît ton empire,
» Si ton culte ici-bas est souvent un délire,
» Et si, pour une pomme offerte à la beauté,
» A Junon tu ravis cette félicité

» Que les Dieux prétendaient seuls avoir en partage,
» A la Discorde viens donner un nouveau gage !

   » La Vanité peut-elle abandonner ses droits,
» Et le beau sexe un jour être sourd à sa voix ?
» Non, non, ma sœur ! tu vas, pour venger notre injure,
» A ton aide appeler la Mode et la Parure.
» Quelle femme aujourd'hui, laide ou pleine d'appas,
» Pour plaire et pour briller, ne les servirait pas,
» Et ne sacrifîrait son repos, sa fortune
» Au besoin d'écraser sa rivale importune ?

   » Déjà la Renommée annonce, dans le Bourg,
» Qu'un aimable Préfet, escorté de sa cour,
» Y vient des habitans recueillir les hommages ;
» A la femme du Maire offre des avantages,
» Que du Juge de paix l'épouse, en sa fureur,
» Viendra lui disputer aux yeux du spectateur.

De ce touchant discours la Vanité surprise,
Dit : « Mais déjà j'ai fait une vaine entreprise.
» La toque, les chapeaux n'ont pu les désunir ;
» Et le béret à peine obtint-il un soupir,
» Lorsque de la première, un certain jour de fête,
» Les grâces et le goût en ornèrent la tête,
» Et que je vins unir à mille autres atours,
» Le croirait-on jamais !... la robe de velours !

   » Du Juge alors que fit la redoutable épouse ?
» Sans trop donner d'essor à son humeur jalouse,
» Mais sans céder pourtant à la prétention
» D'être sa digne émule en toute occasion,
» Avec le beau velours, soudain, en parallèle,
» Au grand jour, elle mit la blonde et la dentelle.

» Se jouant donc ainsi de mon stérile effort,
» On les vit, sans s'aimer, toujours rester d'accord.»

La Discorde sentit le poids d'un tel outrage,
Et de la Vanité relevant le courage,
« Dérobons, lui dit-elle, au caustique univers
» De notre autorité le flétrissant revers !
» Ouvrons et feuilletons les pages de ce Code
» Que la nouveauté dicte au Journal de la Mode ;
» Et, pour leur enlever les douceurs du repos,
» Ravalons, à leurs yeux, le banal mérinos,
» Pour qu'au gré de nos vœux, l'une et l'autre en délire,
» Ne trouvent le sommeil qu'avec un Cachemire. »

La Vanité sourit à cet heureux projet,
Et la Discorde fut en attendre l'effet
Dans le Bourg où déjà les esprits sont en proie
Aux doux épanchemens de la plus vive joie.
Eh ! qui donc aurait pu rester indifférent ?
N'y connaissait-on pas le grand événement !
Sur l'insigne nouvelle on parle, on s'évertue,
Et du Préfet le nom vole de rue en rue.
Le peuple, en son ivresse, augure, à sa façon,
Mille félicités pour le Bourg du canton.
Ah ! peut-être, dit l'un, à tous nos vœux docile,
Par arrêté, vient-il nous ériger en ville,
Ou sur l'habit du Maire étaler, à nos yeux,
Du trop banal honneur le signe précieux ;
Un autre, qui se plaint, dans sa longue misère,
Des acerbes rigueurs d'un âpre garnisaire,
Pense que le Préfet va supprimer l'impôt,
Et d'un nouvel Henri donner la *poule au pot ;*

Mais un malin plaisant, pour une femme aimable,
D'un amoureux dessein le soupçonne capable.
Perfide assertion ! Fidèle à son devoir,
Le nouveau Magistrat, par ses yeux, venait voir
De ses administrés la gène ou le bien-être,
Ou bien, pour sa santé, se promener peut-être !
La calomnie, hélas ! est de tous les pays !
Mais laissons commenter ces vulgaires esprits,
Et disons du haut rang, et sur-tout de nos belles,
Les apprêts, les soucis, les petites querelles,
Trop funestes fléaux nés de la Vanité,
Pour tarir les douceurs de la société !

C'est en vain que Morphée en ces lieux se présente ;
On y brave l'effort de son aîle pesante.
L'activité partout inspire des projets,
Par l'esprit incertain faits, défaits et refaits ;
Comme l'on voit la vague à la vague qui gronde,
S'opposer et se perdre, avec elle, dans l'onde.

Les aimables moitiés de nos deux Magistrats
N'apprécièrent mieux le prix de leurs appas
Et les soins recherchés d'une grande toilette,
Qu'en pensant aux horreurs d'une affreuse défaite.
Laissant à leurs époux la gloire d'ordonner
Les apprêts somptueux du bal et du dîner,
De l'ordre du cortège et des cris d'allégresse,
Loin du bruit, on les vit, et tout à leur ivresse,
Se retirer soudain chacune en son boudoir,
Où ma Muse les laisse, en face d'un miroir,
Invoquer un instant le Dieu de la Parure,
Plus puissant aujourd'hui que la belle Nature.

FIN DU PREMIER CHANT.

Chant deuxième.

ARGUMENT.

Un Courrier fixe le logement du Préfet chez le Maire. — Moyens
d'anoblir la Caste roturière. — Rêve de la femme du Maire. —
Prédiction d'une Sybille. — Arrivée de Marchands forains dans
le Bourg. — Un Juif vend un Cachemire à la femme du Maire.

L'ASTRE père du jour et des nuits la courrière
Avaient deux fois déjà terminé leur carrière,
Et le Sommeil, prodigue en vain de ses pavots,
N'avait pu dans le Bourg ramener le repos
Que ne connaissaient plus les salons, les boutiques,
Également remplis d'affections civiques,
Lorsqu'un courrier nouveau, de dépêches chargé,
Fixe l'asile heureux où le Préfet, logé,
Accueillera bientôt, en brillant équipage,
De ses administrés le plus sincère hommage.

Au Maire il réservait l'incomparable honneur
Chez lui, de recevoir, à grands frais, sa Grandeur ;
Et sa lettre dissipe enfin l'inquiétude
Qu'avait fait naître, hélas ! un peu d'incertitude

Qui, pour le plein succès des grands préparatifs,
Ralentissait l'ardeur même des plus actifs.
Chacun dès lors s'empresse avec un nouveau zèle,
Et le plaisir encor sur les fronts étincelle,
Lorsque, De par le Maire, un fidèle tambour
Confirme l'arrivée, aux quatre coins du Bourg.

Muse, rappelle-nous, pour ce jour d'allégresse,
D'une Divinité l'authentique promesse !
De la Vanité dis tous les soins empressés,
De la Discorde aussi les efforts commencés,
Pour éveiller la haine au cœur de deux rivales
Qui du luxe souvent illustraient les annales !

Déjà la Vanité, rayonnante d'espoir,
Pour donner plus d'essor à son divin pouvoir,
A leurs yeux éblouis, peint quelle est la manière
De rehausser soudain la caste roturière,
Victime trop long-temps d'un injuste destin
Qui lui ravit l'honneur d'un crasseux parchemin.
Elle vient les charmer par certain avantage
Qu'on trouve à se parer du nom de son village,
Pour éviter sur-tout, aux yeux de bien des gens,
D'être, quand on le veut, parent de ses parens.
Elle fait de leur nom l'objet d'un ridicule
Qu'elle veut effacer par une particule,
Dont la douce harmonie électrise les sens
Et donne des aïeux que, sans aller du temps
Pénétrer et la nuit et la vaste étendue,
Comme Cincinnatus, on trouve à la charrue.

Aussi, dès cet instant, sur un brillant vélin,
Un valet colporta madame de Sottin

En gothique écriture, en anglo-caractère;
Et du Juge de paix l'épouse, non moins fière,
A son tour, fit graver Madame de Buson,
Dont le *De* séduisant vint adoucir le nom.
Que, sur ce point, personne aujourd'hui ne les fronde!
Elles se conformaient à l'usage du monde.

Ces Dames, tour-à-tour, à l'écho du salon,
De leur *De* faisaient dire, à chaque instant, le son;
Mais de ce *De* charmant, dont chacune se flatte,
L'une et l'autre déjà se disputent la date.
A peine la Discorde approuve ces débats,
Dont le scandale encor ne la satisfait pas.
Alors la Vanité, que sa plainte désole,
Pour l'apaiser enfin, va tenir sa parole.

Dans un joli réduit, que tout exprès l'amour
Se plaît à n'éclairer que d'un très-petit jour,
Précieux cabinet, séduisante retraite,
Où le bon goût sur-tout préside à la toilette,
Où la femme du Maire en secret essayait
Mille nouveaux atours que la Mode inventait,
Pour éveiller l'envie au cœur de sa rivale,
Auprès d'elle soudain la vanité s'installe,
Et cherche à la livrer aux douceurs du repos.
Pour assoupir ses sens, au lieu de froids pavots,
Elle vient l'inonder des doux parfums de Flore,
Qu'au feu de l'alambic le chimiste élabore.
Au milieu des bijoux, des trésors les plus frais,
Qui donnent plus d'éclat encore à ses attraits,
Elle sent doucement, à la faible lumière,
Se fermer le tissu de sa belle paupière;
Ainsi, selon ses vœux, et presque sans effort,
Sur de moelleux coussins, la Vanité l'endort.

Aimable Illusion, et vous, fortunés Songes,
Qui charmez nos esprits par de jolis mensonges,
D'un triomphe éphémère enivrez tous ses sens !
Ils volent autour d'elle ; et, comme au doux printemps,
L'essaim des papillons que le plaisir dispose
A venir caresser la fraîche et jeune rose,
Les Songes, à leur tour, séduisans et flatteurs,
Lui promettent le sort de la reine des fleurs.

Un grand tableau magique à ses yeux se déroule.
Près du Préfet assise, au milieu de la foule,
Superbe, elle y reçoit la pomme que jadis
Certain galant berger vint offrir à Cypris ;
Elle y voit sa Grandeur, que charme sa parure,
Déclarer qu'à la Cour et dans sa Préfecture,
Jamais encor le goût, les grâces et les arts,
N'avaient, par tant d'efforts, enchanté ses regards.
Dans le fond du tableau, paraît, dans une gloire,
Le signe éblouissant de sa sûre victoire.
C'était la Vanité, sur l'aîle des Amours,
A la femme du Maire, éclatante d'atours,
Apportant, des cartons de son pompeux Empire,
Pour draper son épaule, un divin Cachemire.

Mais bientôt un nuage obscurcit l'horizon
Que la gloire éclairait d'un céleste rayon ;
Et le tableau, privé d'un reste de lumière,
Disparaît à ses yeux, comme une ombre légère.
Sans doute, la Déesse, à trop de sentimens,
Dans son zèle indiscret, livra ses faibles sens ;
Car de ce doux sommeil, au bonheur si propice,
Elle se vit soudain arracher au délice ;
Et les Songes aussi, comme cette vapeur
Que chasse du Soleil la pénétrante ardeur,

S'enfuirent éperdus, et reprirent la place
Qu'ils avaient occupée autrefois dans l'espace.

Madame de Sottin, quoique les yeux ouverts,
Croyait voir les objets par son beau rêve offerts ;
Mais vingt fois, dans sa glace, en vain elle se mire :
Avec le songe, hélas ! a fui le Cachemire.

Cependant, revenue à la froide raison
Qui lui laissait encore un pénible soupçon,
Dont son ame, à l'instant, brûle d'être affranchie,
Dans les secrets profonds de la Nécromancie,
Elle veut s'assurer qu'un rêve bien souvent
Est de la vérité l'interprète savant.

Très-experte en cet art, de soixante ans chargée,
Et sous un mauvais toit, tout près du ciel logée,
Une femme évoquait les Esprits, les Démons,
Qu'elle faisait parler par trente-deux cartons.
Elle fut la trouver. La vieille, au fond d'un verre,
Et dans un œuf brisé, lui montra la lumière.
D'un cercle, sur le sable, elle arrondit les traits,
Et, dans son centre, lut du sort quelques arrêts,
Dont l'adroite Sybille interpréta l'augure,
En faveur des succès promis à sa parure.
En termes de cabale, elle lui dit enfin
Que, sans un Cachemire, on se parait en vain.
« C'en est assez ! De vous mon ame est satisfaite, »
Dit la femme du Maire, en quittant sa retraite,
Où sa main libérale exprima le plaisir
Que lui causaient ces mots transmis par l'avenir.

L'heureuse circonstance, au Bourg où tout s'apprête,
Appelait l'étranger à sa prochaine fête,

Et de l'Autorité l'œil moins inquiétant,
Laissait un libre accès au commerce ambulant.
De porte en porte, on voit, proclamant leur science,
Et le musicien et le maître de danse.
L'un, d'une vieille voix, pour rafraîchir l'éclat;
L'autre, pour rappeler un antique entrechat,
Tour-à-tour être admis chez celle qui déplore
Ces deux talens passés avec sa belle aurore.
Un autre, qui les suit, prétend avoir atteint
Le haut degré de l'art qui refleurit le teint.
Enfin, un autre encor, marchand à la toilette,
Étale maint chef-d'œuvre ourdi par la navette,
Ces bijoux ravissans, simulacres de l'or,
A qui partout le luxe a donné tant d'essor,
Et, pour charmer les yeux, la parure enrichie
De ces fins diamans nés à la verrerie.
Tout le Bourg, en émoi, pour la solennité,
Pouvait donc satisfaire un peu sa vanité.

Madame de Sottin, de mille objets pourvue,
Qui, dans les magasins, ont enchanté sa vue,
Pourtant cherchait en vain ce trésor précieux,
Ce vrai Palladium d'un destin glorieux,
Lorsque, dans son boudoir, seul et dans le mystère,
Avec humilité, parut un pauvre hère.

Cet étrange inconnu, peut-être en d'autres temps,
Aurait, par son aspect, bouleversé ses sens.
Son vêtement flétri, sa longue barbe rousse,
Lui désignaient sans doute un être sans ressource,
Qu'à ses pieds amenaient les rigueurs de la faim,
Ou, ce qu'on peut prévoir, quelque mauvais dessein.

Mais un pressentiment, dans son ame obsédée,
La prévient en faveur des gens de la Judée,
Qui, sous le manteau, vont et troquant et vendant,
Et qui, presque pour rien, nous prêtent leur argent.

Abraham est le nom de l'homme qui s'incline,
Et, d'un œil pénétrant, adroitement devine
Que Madame, agitée, en ce jour, d'un désir,
Accueillera celui qui pourra l'accomplir.
« Une fê.e, dit-il, en ces lieux se prépare ;
» A l'envi, si chacun, de ce qu'il a de rare,
» A la femme du Maire apporte le tribut,
» De mon empressement tel est aussi le but.
» Il faut à la plus belle, à votre rang suprême,
» Plus que des fleurs, Madame, et plus qu'un diadême !
» N'est-ce donc pas pour vous qu'aux états du Thibet,
» L'industrieux Tartare ourdit ce fin duvet,
» Qui de plus d'une femme excite le délire ?
» Je dépose à vos pieds, Madame, un CACHEMIRE ! »

Sensible à la louange, encor plus à l'espoir,
A son sexe jaloux, bientôt de faire voir
Qu'il est des attributs que la plus téméraire
Disputerait en vain à la femme du Maire,
Madame de Sottin, dans le fils d'Israël,
A ce bienfait croit voir un envoyé du Ciel.
L'étoffe élégamment, dans l'excès de sa joie,
Pour embrasser sa taille, à l'instant se déploie.
Le Schall est fait pour elle, et quel qu'en soit le prix,
De leur facile accord ne soyez pas surpris !
Désir ardent d'amour est un feu qui dévore :
Désir de vanité c'est cent fois pis encore.

A la ville, à la cour, les Dames bien souvent,
Pour leur toilette, hélas ! peuvent manquer d'argent ;
Mais, lorsque la fortune un jour leur est cruelle,
N'ont-elles pas au monde un ami bien fidèle ?

De la femme du Maire on voyait l'embarras
Qu'elle déguisait mal, en ne l'avouant pas ;
Car déjà sa rougeur décèle sa détresse,
Que l'avide marchand dissipe avec adresse.

« Madame, dit le Juif, par quelques vieux bijoux,
» Par de secrets emprunts aux coffres d'un époux,
» Une femme aujourd'hui toujours est en mesure
» D'acquérir, à son gré, la plus belle parure. »

Certain principe encore, en son cœur scrupuleux,
Sourdement combattait ces moyens captieux,
Lorsque la Vanité, jalouse de sa gloire,
Par un dernier effort, fixe enfin la victoire.
Comme autrefois prenant un langage enchanteur,
Elle en répand le miel jusqu'au fond de son cœur.
« O ma fille ! dit-elle, au beau siècle où nous sommes,
» Un mari n'est-il pas le plus heureux hommes,
» Lors même qu'aux dépens de ses biens dissipés,
» De son épouse il voit tous les yeux occupés ?
» Ah ! songez qu'ici-bas la plus considérée
» Est la femme toujours qui s'est le mieux parée ! »

C'en est fait ! A ces mots, comme un ardent rayon,
Qui, s'échappant l'hiver d'un brillant horizon,
Amollit de ses feux les glaces sur la terre,
On vit se dissiper son absurde chimère,
Et ses sots préjugés étant alors vaincus,
Abraham satisfait emporte des écus,

Un peu de vieux galons , précieuses vétilles ,
Que cherche à conserver l'héritier des familles ,
Pour rappeler un jour à ses petits enfans ,
Qu'on portait du galon jadis chez leurs parens.
La Discorde applaudit , la Vanité délire ,
Et la femme du Maire a le beau Cachemire
Que les Dieux , tout exprès , ont remis dans ses mains
Pour le livrer encor à de nouveaux destins.

FIN DU SECOND CHANT.

Chant troisième.

ARGUMENT.

Tableau du Bourg, le matin de la fête. — Inquiétude de la femme du Juge de paix. — Perquisition dans le Bourg. — Le Juif arrêté. — Procès d'Abraham. — On va au-devant du Préfet. — Rendez-vous à la Maison commune. — Équipages des femmes des deux Magistrats. — Rencontre des deux voitures. — La Sagesse prend pitié des deux Rivales. — Elle expulse la Vanité du Bourg. — Le cortége revient. — Surprise du peuple qui se croit trompé. — La Vanité, chassée du Bourg, y rentre. — Restitution du Cachemire volé à la Préfète. — Conclusion.

DEUX cloches, dans le Bourg, de leurs sons discordans,
Trois tambours de leur bruit et de leurs roulemens,
Et des fifres aigus, long-temps avant l'aurore,
Éveillent l'habitant qui peut dormir encore.
Déjà l'utile artiste, à Saint Crépin voué,
Et le frater habile, à l'esprit enjoué,
Montent dans les maisons, entrent dans les boutiques,
Où chacun, dans son art, contente ses pratiques.
Pour la dernière mode, adoptée à la Cour,
Le tailleur prend au lit l'incroyable du jour ;
La lingère va rendre aussi la robe blanche,
Qu'on n'avait, jusqu'alors, mise que le dimanche.

L'ouvrier , à sa porte , actif, émerveillé ,
Redonne de l'éclat à son fusil rouillé ,
Et les brûlans fourneaux , d'une vapeur prospère,
Ont enfumé déjà la cuisine du maire ;
C'était enfin ce jour , à jamais solennel ,
Attendu si long-temps et promis par le Ciel,
Où le peuple empressé , dès le matin s'apprête
A se montrer partout avec l'habit de fête.

Muse , encore une fois , prête-moi tes accens,
Et de la Vanité , perfide en ses présens ,
Redis les nouveaux soins pour servir le délire
Que dans une ame vaine excite un Cachemire !

Pendant que tour-à-tour , au dehors, au dedans ,
On voit l'activité des maîtres et des gens ,
Et qu'aux apprêts voulus il n'est plus rien à faire ,
Même aux savans discours et du Juge et du Maire,
Ah ! que faisaient alors , et de si grand matin ,
Madame de Buson , Madame de Sottin ?
Toutes les deux encor , par le luxe enivrées ,
Rêvaient , avec délice , aux nouvelles livrées ,
Dont on devait vêtir un pâtre du hameau ,
Qui porte , en attendant , le galon au chapeau.

Du Juge cependant l'épouse est inquiète :
Elle éprouve l'horreur d'un bruit qui se répète ,
Et , de sa jalousie éveillant le soupçon ,
Porte une dure atteinte à sa faible raison.
Elle n'en doute plus. Eh ! pouvait-on lui taire
Le triomphe assuré de la femme du Maire ?

« Avec un Cachemire , ô Ciel ! C'en est donc fait !
» Elle va m'éclipser aux regards du Préfet !

» Après cette infortune, il faut quitter le monde ! »
Disait-elle cent fois dans sa douleur profonde.
La Vanité , toujours sûre de son pouvoir ,
Prend pitié cependant de ce beau désespoir.
Sa gloire est de régner ici-bas sur les femmes ,
Mais elle se refuse au trépas de ces Dames.
Pour plaire à la Discorde, elle veut tour-à-tour
Les faire succomber et vaincre au même jour.
Alors la Vanité , pour se mettre en mesure ,
Emprunte de l'adjoint la forme et la figure ;
Elle arme ses regards de la sévérité
Qui quelquefois lui donne un peu de dignité.
De son écharpe blanche , à l'instant décorée ,
On vit cette Déesse , encor plus assurée ,
Comme brûlant d'ardeur , le vigilant limier
Évente au fort du bois le timide gibier,
Fouiller le carrefour , la sombre hôtellerie ,
Repaires familiers de ces gens sans patrie ,
Qui , vampires errans dans la société ,
Vont surprendre de l'or à la crédulité.
Dans l'un de ces manoirs, l'officier de police ,
En flairant l'inconnu que toujours laj ustice
Facilement devine à son premier aspect ,
Trouva dans Abraham un étranger suspect.
C'était le Juif hardi qu'on a vu s'introduire
Chez la femme du Maire , avec un Cachemire.
Près du Juge amené , par quelques francs aveux ,
Du Magistrat habile il satisfit les vœux.
Serait-il donc fâché de voir , en cette affaire ,
Compromise , à son tour , la compagne du Maire ?
La Discorde jouit de le voir en défaut,
Et contre lui demande un mandat de dépôt.

Du vol d'un Cachemire un greffier verbalise,
Et, par un jugement, sur mainte preuve acquise,
Il est dit qu'un huissier, pour la conviction,
Du Schall se saisira *par exécution.*

La rose que le sort dans un buisson fit naître,
Et que la ronce avide empêche de paraître,
N'est pas plus satisfaite, en voyant l'élagueur
De l'ombre la tirer par son ciseau vengeur,
Que du Juge de paix, à sa douleur en proie,
La sensible moitié ne fut ivre de joie,
Lorsque de sa rivale elle conçut l'affront
Et l'espoir, avec elle, au moins d'aller de front.
La Renommée au Bourg, de sa voix indiscrète,
Ne disait que tout bas d'Abraham la défaite ;
Et de son Schall encor, Madame de Sottin,
Avec sécurité, jouissait du larcin.
Au faîte du bonheur, pouvait-elle, en son ame,
Pressentir les effets d'une odieuse trame ?
Mais toujours la Discorde, attachée à ses pas,
Veut, pour la tourmenter, d'ostensibles débats,
Qui de son Cachemire éléveront la gloire,
S'il devient en public le prix de la victoire.

O vous qui vous plaisez aux grands événemens,
Au-devant du Préfet, venez ! je vous attends !

Déjà l'heure est sonnée, et la cavalerie
Suit, en caracolant, la fière infanterie ;
Et le peuple, en désordre, allant et se pressant,
Exprime, par ses cris, son vif empressement.

Six notables du Bourg, élus par la fortune
Pour faire les honneurs de la Maison commune,

Voulant des invités , par mille petits soins ,
Prévenir , en ce jour , les plus légers besoins ,
Diligens à leur poste , entraînaient , sur leurs traces ,
Maintes Dames qui vont s'y disputer des places.

A la tête des rangs sont deux siéges à bras ,
Pour les nobles moitiés des premiers Magistrats ,
Qu'au salon, bien plus tard , ces Dames iront prendre :
La Vanité partout veut qu'on se fasse attendre.
Était-ce le motif qui suspendait leurs pas ?
Sur un soupçon banal ne les accusez pas.
Si de toutes les deux à la critique amère
La ridicule absence offrait un peu matière ,
Ce long retard bientôt sera justifié :
Ces Dames ce jour-là ne sortaient pas à pié.
La Discorde , toujours avide d'aventure ,
Veut que la Vanité leur donne une voiture.
Elle éprouvait encor sa bonne volonté ,
Sans doute , en exigeant cette frivolité !
Car peut-être sait-on que , dans ce Bourg modeste ,
Jamais on n'avait vu , sur un train riche et leste ,
Et sur quatre ressorts, justement éprouvés ,
Une caisse vernie ébranler les pavés.
Comment donc pourra-t-elle à l'instant satisfaire
Un désir imprévu, qui paraît tant lui plaire ?
La Vanité jamais ne peut être en défaut.

Deux carrosses poudreux , vieillis dans un dépôt ,
Présentèrent soudain de brillans équipages ,
Remarquables sur-tout par les beaux attelages
De ces chevaux bressands , ramenés tout exprès ,
Par le meunier voisin , du milieu de ses prés.
Deux forts valets des champs , affublés de livrées ,
Furent les Phaétons de ces Dames parées.

Mais faut-il donc toujours, aux instans les plus doux,
A leur nuire empressé voir un destin jaloux !
Dans une rue étroite, et dans un sens contraire,
Chaque cocher trouva devant lui son confrère ;
Si bien que les chevaux, adroitement menés,
Se virent dans leur course arrêtés nez à nez.
Il fallait reculer ou rester sur la place ;
Mais de la Vanité recevant de l'audace,
Madame de Buson, Madame de Sottin,
Restèrent, sans céder, au milieu du chemin.
La Fontaine, en beaux vers, nous a dit, dans sa fable,
De deux chèvres jadis l'entêtement semblable.

Minerve, non pas celle, arbitre des combats,
Que, dans l'antique Grèce, on appelait Pallas,
Mais, propice aux humains, cette bonne Déesse
Qui, pour les consoler, prend le nom de Sagesse,
A qui, dans l'univers, pour le bien des mortels,
On devrait tous les jours élever des autels,
La Sagesse, du haut du brillant Empyrée,
D'un œil de pitié, vit la petite contrée,
Séjour de la Discorde, où, pour la Vanité,
L'élite du beau sexe a l'esprit exalté.

Victimes tour-à-tour des plus horribles trames,
Se disputant le pas, elle aperçoit deux femmes
Que l'Orgueil enivrait des funestes poisons
Qui nous mènent souvent aux Petites-Maisons ;
Elle voit la Beauté qu'un trop avide sbire
Va dépouiller bientôt de son cher Cachemire.
L'aimable Déité veut, dans le Bourg, enfin,
A ce scandale affreux mettre une prompte fin.

D'un ton ferme et sévère, à l'instant elle appelle,
Pour la réprimander, la Vanité près d'elle.

« Quand la terre autrefois vous offrit un séjour,
» Vous ne deviez, dit-elle, y vivre qu'à la Cour ;
» Mais aux désirs des Dieux fièrement indocile,
» Vous fûtes renverser tous les rangs à la ville,
» Et, jusque dans les champs, séduit par votre voix,
» On vit se pavaner le grossier villageois ;
» Dans le monde on se plaint du bruit de vos conquêtes,
» Et de voir la Discorde, empressée où vous êtes,
» Y bannir des plaisirs la naïve gaîté.
» A votre ambition, perfide Vanité,
» Ne suffisait-il pas, pour troubler leur empire,
» De vous glisser au cœur de cent Rois en délire ?
» Ah ! pour vous satisfaire, aux états de Tangut,
» Il vous fallait encor conquérir un tribut,
» Dont un facile époux, pour la paix du ménage,
» A sa femme est forcé de faire un prompt hommage.
» On sait que ce tissu, dans ce bel univers,
» A fait naître, par vous, de fréquens maux de nerfs,
» Et la mélancolie, et les spasmes encore,
» Le désespoir des fils du grand Dieu d'Épidaure.
» Ah ! voulez-vous, prodigue encor de vos travers,
» De vent gonfler le cœur de quelques nouveaux Pairs ;
» Aux bancs de la Sorbonne, énorgueillir un cuistre,
» Et comme la grenouille enfler certain Ministre ! »
Elle dit, et dès-lors, s'installant dans le Bourg,
La Sagesse prétend y régner à son tour.

Comme en automne on voit la feuille qui s'envole,
Au souffle impétueux des prisonniers d'Éole,

La Vanité soudain prit un rapide essor,
Et, presque intimidée, abandonna ce bord,
Théâtre malheureux d'un fastueux délire.

La Sagesse qui voit renaître son empire,
Vint bientôt ramener, à leur premier destin,
Madame de Buson, Madame de Sottin :
D'un regard bienfaisant, d'un rayon de sa flamme,
Elle sut pour toujours désenchanter leur ame.

Ces Dames que naguère on voyait, pour un pas,
Se livrer, dans la rue, à d'odieux débats ;
Qu'un ridicule orgueil excitait à l'injure,
Hélas! pour les hochets d'une vaine parure,
D'un scandale nouveau redoutant les effets,
Se jurèrent, sans peine, une éternelle paix.
De leur *De* même aussi, dans le Bourg on raconte
Qu'elles eurent depuis une sensible honte.

Ma Muse vous a dit qu'un Schall, jadis volé,
Et depuis, en public, aux regards étalé,
Deviendrait, à son tour, d'un sergent la conquête,
Quand la femme du Maire, au milieu d'une fête,
De la mode et du goût viendrait chercher le prix.
Eh bien! de la Sagesse elle en reçoit l'avis.
La Déesse qui veille aux besoins de sa gloire,
Et sur la Vanité veut une ample victoire,
Fait naître tout-à-coup, dans son cœur abattu,
De l'austère Raison la stoïque vertu.
Docile, et sans prétendre au moindre sacrifice,
Elle livre son Schall aux mains de la Justice,
Et généreusement elle fait abandon,
Au greffier tout surpris, de ce certain galon
Qui fut du Cachemire un des malheureux gages.

Mais de poussière au ciel s'élèvent des nuages ;
Le peuple, dans sa joie, à peine se contient,
Et déjà, près du Bourg, le cortége revient,
Lorsque, seules, à pied, l'allure un peu moins fière,
Et l'épouse du Juge et la femme du Maire,
A leur place, au salon, un peu tard, il est vrai,
Se montrèrent enfin, honteuses du délai
Qu'on reprochait sans doute à leur insouciance,
Mais que l'on appelait tout bas impertinence.

O Fortune ennemie ! O bizarres Destins,
Qui vous jouez par fois des crédules humains,
Pourquoi donc de ce Bourg, simple et sans artifices,
Faut-il que l'habitant éprouve vos caprices !
Hélas ! l'humble chaumière et le séjour des Rois
Sont donc toujours soumis à vos injustes lois !

La Vanité, chassée, emporte l'espérance,
En son cœur ulcéré, d'une prompte vengeance ;
Et, décidée encor à de nouveaux débats,
Elle veut reparaître avec d'autres appas.
Elle se flatte même, en l'excès de sa rage,
Du Chef municipal de recevoir l'hommage.
Aussi, bien regonflée, et d'un air précieux,
La première, au cortège, elle se montre aux yeux ;
Car vous saurez sur-tout que le Préfet, malade,
Fit partir, à sa place, une simple ambassade
Qui, dans quatre ou cinq mots, mais non pas sans apprêts,
Exprimera, pour lui, de sincères regrets.

La calèche s'arrête, et l'on est en présence ;
Puis, réciproquement, on s'incline, on commence.

On hésite, on poursuit, on finit des discours
Où l'on s'est souhaité bonne vie et longs jours;
Où du Préfet absent, chacun fait, et pour cause,
En langage pompeux, presque l'apothéose.

Mais comment du bon peuple exprimer le dépit,
Lorsque, au lieu du Préfet, il connut, à l'habit,
Un autre Magistrat, de qui l'ame affamée,
A sa place, avalait de l'encens la fumée !
Stupéfait, mécontent, aux antres de Bacchus,
Il s'enfuit, en jurant qu'on ne l'y prendrait plus.
Eh ! qui donc se carrait au fond de la voiture ?
C'était un Conseiller, Messieurs,..... de Préfecture.
La folle Vanité, plus fière que jamais,
Pour rentrer dans le Bourg, en avait pris les traits.

Bientôt la Renommée, à son devoir fidelle,
A la Maison commune en porte la nouvelle,
D'où les zélés Bourgeois, qui se croyaient bernés,
Sortirent tout confus, avec un pied de nez.

Les célèbres moitiés et du Juge et du Maire,
Qui perdaient, en ce jour, l'occasion de plaire,
Rentrèrent tristement dans leur humble maison,
Où l'une ne fut plus que Madame Buson,
Où l'autre que partout on a vu son émule,
Est Madame Sottin, sans une particule.

Alors la Vanité, fière de son retour,
Avec le Conseiller, reparut dans le Bourg,
Profita du dîner et sur-tout de la fête
Qui, depuis si long-temps, pour le Préfet s'apprête.
De la Sagesse, enfin, pour braver les succès,
Elle fut réclamer, chez le Juge de paix,

Le Schall sacrifié, par la femme du Maire,
A la douce union, au conseil salutaire,
Qui doit de son orgueil effacer les affronts.
De ses ressentimens , toujours vifs et profonds,
La Vanité qui veut que de ce sacrifice
Ne s'enrichissent pas les mains de la justice ,
Demande que le Schall, par le greffe conquis,
Au Conseiller présent soit à l'instant remis ;
Car sachez qu'Abraham avait, à la Préfète,
Volé le Cachemire, un jour, à sa toilette.

De ce Schall si fameux tel fut enfin le sort.
Si la femme du Maire, à vos yeux , eut un tort,
Mesdames , je vous prie , excusez son délire :
A-t-on de la raison devant un Cachemire !

FIN DU TROISIÈME ET DERNIER CHANT.

www.ingramcontent.com/pod-product-compliance
Lightning Source LLC
Chambersburg PA
CBHW061617180626
46818CB00005B/2118